D0766910

El fantasma
de la escuela

Hazel Townson

El fantasma
de la escuela

Ilustrador: Tony Ross

edebé

Título original: *Amos Shrike, the school ghost*
First published in 1990 by Andersen Press Limited
© Text 1990 by Hazel Townson
© Illustrations 1990 by Tony Ross

© Ed. Cast.: Edebé 1991
Paseo San Juan Bosco, 62
08017 Barcelona

Diseño de la colección: DMB&B.

Traductora: M.ª Carmen Vilchez.

4.ª edición

ISBN 84-236-2646-6
Depósito Legal. B. 8055-98
Impreso en España
Printed in Spain
EGS - Rosario, 2 - Barcelona

Índice

Capítulo uno

El fantasma se pasea

¡**C**hirridos! ¡Crujidos! ¡Gemidos! Un fantasma iba y venía por los pasillos del colegio encantado.

El fantasma tenía mucho cuidado de no dejarse ver nunca durante las horas de clase. Así, nadie sabía que el colegio estaba encantado,

a excepción del viejo Sam Browne, el vigilante, al que siempre mandaban callar cuando mencionaba al fantasma.

(De hecho, Sam era aficionado al alcohol, así que de todas formas nadie le creía.)

Pero un miércoles por la tarde en que Sam no estaba por culpa de un resfriado, el fantasma encontró otra compañía.

El pequeño Basil Nibbs había sido castigado por haber puesto unas algas malolientes en el retrato del director, justo antes de la visita del inspector.

A Basil no le hacía ninguna gracia que le castigasen. Por eso, después de cumplir su castigo, se escondió en los lavabos para planear su venganza.

Cuando todo el mundo se fue, Basil
se deslizó por el pasillo vacío hacia el
despacho del director.

Sonrió entre dientes con regocijo al pensar en su malvado plan. Éste consistía en escribir palabrotas por las paredes empapeladas del despacho, disfrazando su letra.

Entonces, de repente, oyó un ruido detrás de él. ¡Chirridos! ¡Crujidos! ¡Gemidos! Se dio la vuelta y... se encontró con los horrores del *capítulo dos*.

El fantasma se divierte

¡Qué horror! ¡Era el fantasma! ¡Y este fantasma era realmente de otro mundo!

De hecho, era un esqueleto masculino de mediana edad, con cadenas, que llevaba un camisón largo transparente y una tela de araña envuelta en la cabeza.

Pero aquel montón de huesos no era nada perezoso. Pasaba como un rayo por todo el colegio, igual que un ladronzuelo de tiendas en la época navideña.

Cuando Basil se dio la vuelta, el fantasma le miró directamente a la cara.

Entonces, con un chillido estremecedor, el fantasma reconoció a Basil Nibbs,
aunque en realidad no le había puesto
nunca el ojo encima antes de su muerte.

Pues el fantasma no era otro que el desasosegado espíritu de Amos Shrike, un antiguo profesor del colegio, que se volvió loco de atar por culpa de un niño de su clase llamado Bartholomew Nibbs.

Se daba el caso de que Bartholomew
Nibbs era el tatarabuelo de Basil, y Basil era su vivo retrato.

¡Con razón lo reconoció el fantasma! Por fin se iba a dar el placer de una venganza. El fantasma estiró sus dedos sin carne...

Y el aterrorizado Basil huyó hacia los
aún más espeluznantes horrores del *capítulo tres*.

El fantasma ataca

Basil corrió a encerrarse en el despacho del director. Allí se acurrucó debajo de la mesa, temblando igual que un esquimal asustado.

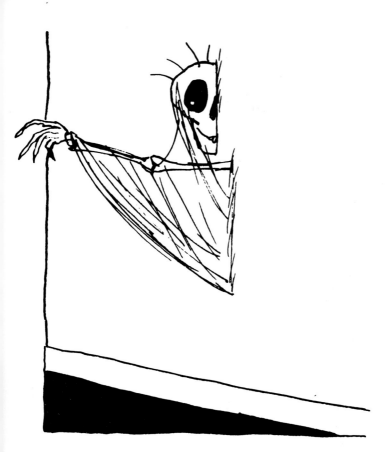

Pero como era de esperar, una simple cerradura no podía ser obstáculo para el fantasma. El difunto Amos Shrike entró sin problemas atravesando la pared.

Entonces cogió un rotulador rojo y empezó a escribir en las paredes del despacho:

«B. Nibbs odia tus tripas.» «B. Nibbs estuvo aquí, pero ¡a ver si puedes demostrarlo!» Y como éstas, un montón de pintadas.

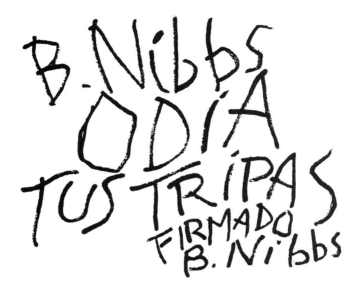

B. Nibbs ODIA TUS TRIPAS FIRMADO B. Nibbs

Agachado en el suelo, Basil estaba horrorizado, pero no era capaz de ponerse a la altura de las circunstancias.

¿Le cogería el fantasma cuando acabase de escribir? ¿Llegaría a engullírselo? ¿Moriría de miedo quizá, o bien, sobreviviría para ser asesinado al día siguiente por el encolerizado director?

La Nariz del director es igual que una cebolla en Vinagre

Firmado Nibbs

El fantasma continuó escribiendo, inventando cada vez peores insultos, todos ellos con la firma de *B. Nibbs*.

Pero cuando Basil pensaba que ya no podría resistirlo más, un ruido de pasos llegó desde el pasillo.

¿Sería el mismísimo director? ¿O los compinches de Amos, que venían a dar un vistazo a la situación?

EL DIRECTOR APESTA

FIRMADO B. Nibbs

De cualquier modo, Basil no podía ni siquiera imaginar lo que le esperaba en el *capítulo cuatro*.

Capítulo cuatro

El fantasma desaparece...
¿O tal vez no?

Se oyó un tintineo de llaves. El pomo de la puerta del despacho giró y entró el viejo Sam.

Después de todo, no había estado
con un resfriado, sino en el tejado,

ya que se había tomado el día libre para
limpiar la chimenea de su casa, y aún
estaba todo cubierto de hollín.

Sam estaba decidido a conjurar al fantasma,

y no estaba dispuesto a dejarse asustar hasta abandonar su agradable trabajo en el colegio. Su trabajo le proporcionaba toda la tiza que quería, rotuladores, libretas, borradores, trozos de carbón y las raciones sobrantes del comedor escolar.

Sam había consultado en la biblioteca un libro titulado: *¡Haga desaparecer a su espectro!*

En él se decía que podías librarte de cualquier fantasma usando una campana, un libro, unas velas y unas cuantas palabras escogidas.

Y allí estaba Sam, con un timbre de bicicleta en una mano, un anuario en la otra

y dos velas rojas del árbol de Navidad del año pasado metidas en la cinta de su gorra.

—¡Fuera de aquí, espíritu de las tinieblas!— gritó Sam, mientras tocaba enloquecido el timbre de la bicicleta.

El fantasma, muy atareado garabateando *B. Nibbs* en la agenda del director, levantó la vista ante el sonido del timbre y, al ver una criatura con la cara llena de manchas y dos cuernos rojos, pensó que era el mismísimo diablo.

Con un alarido estremecedor, Shrike desapareció.

Pero, ¿qué pasaría con las terribles y fantasmagóricas pintadas que había en el despacho del director? ¿Habrían desaparecido también?

¿O seguirían aún, macabras y totalmente desagradables, en el *capítulo cinco*?

La Cara del Director es un Tomate Aplastado y además Huele a Tiza.

Gordo

Los Chorlitos tienen Más cerebro.

. Firmado B. Nibbs.

Capítulo cinco

El fantasma permanece oculto

¡El fantasma se había ido! Basil salió a gatas de debajo de la mesa del director y echó un vistazo al despacho.

¡Su nombre estaba escrito por todas partes!

EL DIRECTOR ES TAN AGRADABLE COMO UN DOLOR DE MUELAS

B. Nibbs

bbs

Cara de Hurón B.Nibbs

¡Como si fuese una marca de refresco que se anuncia!

Entonces vio la cara manchada de Sam, con aquellas velas en la cabeza, que parecían dos cuernos rojos. Basil pensó lo mismo que el fantasma. ¡Allí estaba el mismísimo diablo!

Preso del pánico, Basil cogió una silla, rompió en pedazos la ventana del despacho y saltó a la libertad.

Entonces corrió hacia su casa tan rápido como un gato escaldado. Pálido y tembloroso, se refugió en los brazos de su madre, pero no podía ni hablar del miedo.

Su madre le metió en la cama con
una bolsa de agua caliente. Le llevó una
taza de chocolate caliente y le miró con
cara de sospecha. (¿En qué lío se ha-
brá metido este chico ahora?)

Mientras tanto, el director, que se había olvidado en su mesa las gafas de leer, conducía hacia el colegio para ir a buscarlas.

Lo primero que vio fue su ventana rota.

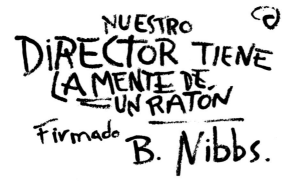

Y entonces leyó las pintadas en la pared a través de ella.

Se precipitó al interior hecho una furia y llegó justo a tiempo de pillar al viejo Sam Browne, que corría con su mejor rotulador rojo en la mano (el que utilizaba para corregir las faltas más graves de los trabajos de sus alumnos).

¿Han pillado a Sam con las manos en la masa? ¿O encontrará alguna astuta excusa en el *capítulo seis*?

Capítulo seis

El fantasma regresa

En fin, era inútil que Sam intentara echar la culpa de aquel estropicio a un niño o a un fantasma.

Después de todo, Sam era la única persona que había allí. («Seguramente, está borracho», pensó el director. «¿Qué persona sobria podría ir por ahí con la ropa tan sucia, la cara llena de hollín, sujetando un timbre de bicicleta y un anuario, y con dos velas en la gorra?»)

Obedeciendo órdenes del director, Sam arrancó todo el papel de las paredes del despacho, lo metió dentro de un saco y... ¡se vio de patitas en la calle!

En cuanto al director, decidió que sería más amable con Basil Nibbs en el
futuro.

Naturalmente, ahora estaba claro que
Sam Browne había intentado delibera-
damente meter al pobre chico en problemas.

¿Quiere esto decir que tenemos un final feliz para nuestro héroe?

¡Desafortunadamente, no! Alrededor de la medianoche, el pequeño Basil se despertó oyendo unos ruidos extraños detrás de la puerta de su habitación.

¿Qué clase de ruidos extraños?

Bueno, eran algo como esto:
¡Chirridos! ¡Crujidos! ¡Gemidos!

TUCÁN

Basil Nibbs planea estropear el despacho del director, pero se enfrenta con el fantasma de un antiguo profesor, que se volvió loco por culpa de un antepasado de Basil.

A PARTIR DE 6 AÑOS

edebé